過客

莊因著

東大圖書公司

國家圖書館出版品預行編目資料

過客／莊因著. --初版. --臺北市：東大發行：三民總經銷，民86
面； 公分
ISBN 957-19-2138-6（精裝）
ISBN 957-19-2139-4（平裝）

851.486　　86008760

國際網路位址 http://sanmin.com.tw

© 過 客

著作人 莊 因
發行人 劉仲文
著作財產權人 東大圖書股份有限公司 臺北市復興北路三八六號
發行所 東大圖書股份有限公司
地 址／臺北市復興北路三八六號
電 話／五〇〇六六〇〇
郵 撥／〇一〇七一七五──〇號
印刷所 東大圖書股份有限公司
總經銷 三民書局股份有限公司
門市部 復北店／臺北市復興北路三八六號
重南店／臺北市重慶南路一段六十一號
初 版 中華民國八十六年九月
編 號 E 85353
基本定價 肆 元
行政院新聞局登記證局版臺業字第〇一九七號

ISBN 957-19-2139-4（平裝）

詩路獨行
——莊因詩集《過客》讀後

瘂弦

莊因說他寫新詩同他畫漫畫一樣，都是業餘的，又說本書是他的「垂老之作」。我感覺他的想法未免太見外、太衰颯了點兒。詩，他絕對可以繼續寫下去！

不知為甚麼，從事散文、小說或文學批評的朋友們，偶爾捧出一部自己寫的詩集，總會流露出一種過度的謙遜，尤其在面對專業詩人的時候。新詩的專業化不知始自何時，大概是四、五十年代以後的事吧。五四初期，白話文學運動的健將們，由胡適帶頭，很多人都寫寫新詩的。而在古代中國，詩是所有讀書人表達情感意識普遍使用的工具，可說是文人的基本功，做詩填詞人人諳練，成為一種生活方式，寫詩並非詩人的專利。新詩專業化以後，變成只有詩人才寫詩，一般作家對詩不是漠不關心，就是保持距離不敢輕易造次。而所謂專業詩人也紛紛構築起他們的壁壘，長此以往，使原本盛大的寫詩陣營漸趨寥落，新詩界、新詩壇、新詩這一行，最後萎縮成一個別人不願碰、也不敢碰的小圈子。這是非常悲哀的。

另一方面，由於現代詩人「以彼此的體溫取暖」的結果，作品在強烈的相互影響下，不管內容題材以及語言形式，都形成了雷同的風格，所謂千人一面，千部一腔，一首詩如果把標題下面作者的名字遮住，就很難分辨出自誰手。要是偶爾看到跟大夥兒調調不一樣的作品，常常就會視作異類，認為缺乏共同語言或不夠現代。其實新詩的定型化，絕不是一種正常的發展，為甚麼新詩一定得寫成新詩的樣子？對於一些能夠擺脫同質性影響、獨來獨往的作者，我們實在應該給予充分的注意與肯定，現代詩一定要廣納各路人馬，才能恢復中國古代凡文人必讀詩、必寫詩的傳統，為現代詩開拓出一條更寬闊的道路。

莊因是著名的散文家，他出身書香世第，父親是書法大家莊嚴先生，他的兄弟（莊氏昆仲：莊申、莊喆、莊靈）均為當今藝文界的俊彥。像他這樣一位自幼沐浴在翰墨芬芳中的人，如在古代，不管他以何種文學藝術類型作專業，他理當同時也是一位寫詩的人。但是，到了現代，我們讀慣了莊因的散文，忽然發現他的新書竟是一本詩集，不消說讀者感覺異樣，連作者本人也得特別解釋一番。這就是新詩長期專業化的結果。

讀了莊因這本「閉門煉丹」的作品，我覺得比讀坊間常見的、習慣定義下的現代詩，似乎有更多的收穫與感受。

中國新詩在語言上有三條道路可循：古典詩詞語言的繼承和重塑，西洋文學語言的移植和轉化，以及民間俗文學語言的運用和更新。若干年來，三條道路都有人試走，且都有不同程度的收穫。而回顧五四新文學運動的發展，三條路以第一條路的實驗，對中國新詩的建設貢獻最大，意義也最深遠。早期的林庚、陸志韋、聞一多、戴望舒、廢名、臧克家、何其芳是這方面的藝術先行者。林庚嘗試捕捉東方精神的閒逸風格，陸志韋從舊格律的基礎上創發新的體制，聞一多強調詩的建築美（節的勻稱和句的均齊），戴望舒主張外在格律與內在肌理的溶匯映襯、相輔相成，廢名將古典詩歌禪宗和道家的理趣與現代人的寂寥感共冶重鑄，臧克家從杜甫白居易作品中提鍊出厚實有力的現代寫實，何其芳以抒情作品企圖繼承晚唐五代詩的委婉華麗，凡此種種都代表詩人們對新詩中國化的探索過程。在臺灣，詩宗社現代詩歸宗的主張也曾產生過廣泛的影響。不過近十多年，可能是由於詩體大解放所形成的矯枉過正，取法於外的移植顯然多於取法於內的繼承，近年，後現代詩風瀰漫，在典範反叛、主體死亡、中心去除、語言「符徵之流」的主張下，第一條路上行人漸稀，偶有幾個彳亍的身影，也快要消失在荒煙蔓草中了。

莊因一直是第一條路上的獨行者。過去，詩人們在語言實驗上，多是以三條路其中的一條作主軸，而把另外的兩條作為副線予以綜合。莊因則不然，他的實驗，純以古典詩詞的繼承和再造為唯一主線。這種堅持，說明了他對中國古典詩詞語言的重塑，充滿信心。莊因出身臺大中文系，由於儒家文化和古典文學的長期涵泳，自然地培養出他中國傳統文人的優雅氣質，形成他獨特的文學人格和思維習性，這差不多已經自成一個完整的運作系統，其秩序的嚴謹與自足，到了無需外求的程度。

由於這樣的成長背景和文化教養，使莊因的創作美學方向極為確定。他絕不走流行的路子，也不追趕時尚，面對客觀世界的諸多變化，他都能顯現出一種少有的靜定。在資訊爆炸的今日，我們眼前所見，盡是一些「大轉折」、「大變動」、「大斷裂」的資訊，在人人求變、善變的現在，難得看到一個不變的人！讀了莊因古風盎然的詩，我不禁油然生出一種敬意。同時我發現，他並非無視於國內外現代文學的發展、而一味去懷舊或復古。他在美國史坦福大學執教數十年，那裡是世界文學新思潮的搖籃，現代詩、現代藝術的一些所謂路數，他豈能不知道？我想是因為他知道得太清楚了，反而能夠洞察出其中的問題和侷限。至於對臺灣詩壇這些年的變化，他也絕不隔閡，在史坦福大學圖書館他可以看到來自兩岸中國大量的詩論與詩集，臺灣現代詩壇的很多朋友，都是他「酒蟹居」的常客，煮酒論詩，談文說藝，是他最喜歡的。但有意思的是，在生活上他雖然非常隨和、好客，而在文學寫作的領域裡，他卻相當「孤絕」，一向獨來獨往，這實在是一個有趣的對比。

讀《過客》詩集會發現，莊因的作品，在形式上不刻意佈置密集的意象，也不特別強調張力結構，更絕少意識流式時空換位的安排，而是以沖淡的筆調，抒寫生命的落寞和無奈。有些是興會乍現，信手寫來，很少去考究剪裁。在遣詞用句上，他崇尚質樸自然，不避俚語俗字，只要經過重組後能夠產生放射力的語彙，均為他所用；有些閭巷歌謠式的咏嘆，驟然看去好像熟意陳言，但經過他的藝術處理，總能給人生新與驚喜之感，其引人共鳴的魅力，常在文字之外。在文學的氣質上，氛圍上，他的散文，雋永機趣，接近周作人；他的詩，恬淡自適，使人想到陶淵明。

莊因不喜歡詭險奇崛的意象，也不以鎔經鑄史的高姿態作題材上的誇大，他似乎自甘做一個小品詩人，一個獨奏者。在這方面，他很像新月晚期的詩人卞之琳，二人的詩同樣是浮想聯翩，性情充盈，曲味曲包，弦外有音，但思維的路徑卻不相同，卞之琳的詩重視彈力結構，其中的隱喻和象徵，多少受了西方現代主義思潮的影響，莊因則完全遵循中國「詩家語」的特色，以平實、傳統的形式展示生命的深層經驗，達到境生象外的藝術效果。不過二人做詩、為人的風神極為類似，都不是飛揚蹈厲、壯言慷慨一型，而是純以個人感思為中心，含蓄地呈現生命的沉實和溫厚。這種作品在藝術的社會功效上雖然比較間接，但個人情志永遠是一切藝術文學的核心，也更接近中國傳統文人的襟抱和精神，至於所謂個人情志能否與大眾情志合而為一，那是作品完成後附加的後設意義了。

本書書名《過客》，所寫的乃是中國文人從古到今一寫再寫的主題，也即李白在〈春夜宴桃李園序〉文中所表達的，「夫天地者，萬物之逆旅，光陰者，百代之過客」的時空觀。莊因說如把過客譯成英文，恐怕沒有比Passenger更適合了，這是偏重在哲學思考層次。在現實上，莊因覺得過客也是流浪漢(Vagabond)的同義詞。試想他客居海外三十餘載，生活就像於梨華所形容的猶如失根的蘭花，但他念茲在茲的，永遠還是那秋海棠葉的故土！他曾在給我的信中說「旅過了五湖四海，回首鄉關杳杳，這就是過客的感覺了」。又說他自己一向開朗，很少Sentimentalism（莊因戲譯「神機慢拖理思暮」），他的愁，也就是李白所說的萬古之愁，充滿了歷史情愫，也是對他自己、對整個中國雲煙縹緲之往昔的一種追懷。這樣的意念，如果用散文來表達，在「表現自己與隱藏自己之間」（杜衡語），一定會有另一種的徘徊和選擇，寫成詩，就可以遠離人間煙火，極目處，盡是宇宙乾坤的莽莽蒼蒼了。這就是寫詩的好處。而莊因的詩是絕對可以寫下去的！這一次，可能是因為平日少寫，在表達技術上有些小地方難免生澀，又因為集中好多首詩為遷就配圖，限制了想像的飛翔。下一次、下一本詩集，希望詩路獨行的莊因，能登向絕頂，唱起趙參詠鷹的名句：

眼底不棲障礙處，摩空偏喜大江橫！

附記：民國六十七年二月間，莊因尊翁莊嚴老先生，寄給我一篇記事散文，題為「一篇挺那甚麼的近作」（文章發表在聯副），這個充滿京味兒的標題，令人莞爾。不過我至今還沒有完全體會「挺那甚麼的」這句話的真正語意，祇覺有趣。我猜想莊因讀了我這篇囉嗦的序文，以他平日的風趣，說不定也會說，薄薄的一本詩集，還勞你閣下寫了這麼一大篇，真是「挺那甚麼的」。

自序

今年年初，得臺北三民書局（東大圖書公司）編輯部二度邀稿信。我因前此二書之出版，都由王開平老弟悉心代為選編，十分精彩，也便因而產生惰性，纏上了他，冀望此番亦勞他過目過手了。殊知如意算盤打錯，開平以公私兩忙，一時無法滿足我的自私貪婪要求。三月初旬，書局叢刊編務易人，新任主編來信云：「王先生近日手邊事務繁忙，他擬於本月底始可將您的手稿整理出來交敝局出版」，我乃趁機對伊提出有否容我左手露臉之機會（詩人余光中教授，曩以「左手」寫散文，自詡為「左手的繆思」。而我雖不敢以繆思自詡，卻也寫得新詩若干，因效前賢，不自量力，竟以出書相求）。不意旋得回音，表示書局已予接受。歪打正著，當初擬刊散文一事，反是先後倒置了。

「過客」一集內容，是以兩年前為香港才女吳瑞卿女士之彩色攝影配詩為主，輔以過去數年來在臺灣報紙副刊零散刊出之青澀小詩十數篇，集合而成。書之取名，即以散詩之一首同名「過客」者突出而得。自書局隆情允為出書之日起至目前止之半年期間，大哥直腸癌疾不幸蔓至胸肺；長輩中黃阿姨之癌症惡化者有之；因侍母疾憂累以致心臟病發，入院治療後返家復遭逢車禍再度入院者有之；友人胞弟因赴大陸公幹竟慘遭殺害者有之；友人膽結石導致胰臟發炎頓失體重達十六磅者有之；瑞卿老父因手術失血情殆者有之；系中同事因遇不公平人事處理憤而辭職者有之……，半年之中，一連串不悅拂逆事故的發生，令我頓感人生禍病幻化之遽驟不可掌握，哀吾生之須臾，真如過客行腳，來去匆匆。而此期間老友清茂秋鴻夫婦又離美返臺定居，獨留我花甲一叟棲遲西域，人事難料，三十載浮生，思之一片恍惚，直如過眼煙雲，益增我有人間過客之感，遂堅定了我以「過客」為書名的決心。

書中除琳琅彩照為瑞卿女史業餘捕捉遺興，我遂據以成詩五十首外，在臺零星發表之散詩十數首，得三弟莊喆及弟妹馬浩夫婦慨允以畫作為配以壯詩色；封面設計則由四弟莊靈一手包攬負責，所用之海鷗照片為其今年五月來美參加紐約攝影展覽後遊加州蒙特瑞所攝。海鷗飛翔，藍藍海上，最能狀繪「飄飄何所似，天地一沙鷗」之雪爪旨意。我今年六十三歲，棲遲域外已三十有二載矣，人生幻化，一晃眼間真似過客匆匆，空谷足音。數日之前，夜得一夢，過世七年的老友恭億忽然造訪，言說天國寂寥，特來閒話。夢醒，旭日窗前，有感天國之路雖云迢遙，而我這人生過客，倒真是朝著那方向彳亍行去了。

我要在此謹向前面提到的諸親友致以誠摯的銘感之忱。此外，書局編輯同仁的懇切幫助，我也由衷感謝。最後，老友瘂弦兄對我這左手狂人竟鼓勵呵護多多，並在病後力排繁忙慨允書序，真情隆誼，就不是我可以筆墨道及的了。

莊因

一九九六年九月加州酒蟹居

生命哲思

生命哲思

生

亂石涸土寒澀蹇傴之中
一綠色精靈誕生了
三頭六臂
竟要越出蕪繁艱困的樊籬
以不屈不撓的勇姿
向世界鄭重宣告——我來了
綠色原乃生之本質
紅男綠女

老早老早就把綠賦給女人了
太好了　太妙了
請讓我們
向她們敬禮
女人啊
擎天孕生的神

生之頌讚

不離母體的是芽苞
而母體也總是茹苦地馱負著
餐風飲露沐陽
一直一直
哺育至枝繁葉茂
這樣的世代交替過程
要比人生更其厚實緊扣多了
聞說螃蟹母死
子女爭食其肉

造孽啊
植物千載同根
每一個苞芽都乃愛的始泛
狹圄的一方生存環境
無怨無悔
不呻弗嘆
世代萌茁
遭遮延換

喜樂人生

悲欣乃人生之常
出家當是再生
大千處處
緣有緣滅之間
在在都待了斷
悲在那裏
欣在何方
佛曰：自得隨緣

情

情貫雲天
相對相牽　似神仙
世間無情則萬物弗存
石不破則天亦不驚
日暝　月暝
端在屹立默默相守
管它情界之外亂紛紛
戀凝
且莫讓囂擾分心

緣

瀑布是天池瀉下的無色之醴
緣也
瀑布也是大地乳房溢出的瓊漿
美也　信也　真也
飲緣啜漿
幻化輪迴
生命遂成不息前川

綠

無邊綠意中
我觸及到了大地的魂靈
一點一滴
滲出於沃膚
是的
這世界倘缺少了盈綠
還真無法想像
人心人性

將會殘敗何似
無魂無靈的大地
怕是任何人都無以生存的
姑不論是我是他抑是你

蝕

不論是時間抑或感情的刻劃
總都會在生命的川流中留下痕迹
於今回顧往昔
看不清　窺不透
時間　情感　兩不知
迷迷
但這並無礙於記憶的明晰
在時與空的座標下
自會向四方無盡處伸延

禪坐

禪坐於周遭靜謐之中
似乎都可以聽見
自己心房血脈的湧張了
紅色妬眼偷窺著
可我心沉靜
就算是隻隻千里眼罷
諒也睇尋不到什麼

心語

這大約就是海枯石爛的表徵了
有誰確曾見過
我們總是將心畫意像外移
好讓澎湃心田的情感
散發無比巨力
若殞石自天墜下
砸成齏粉
千堆雪呀
捲起

大靜

絢爛終歸是要寂於安和的
如果　如果我退休了
我麼　就找這麼一個好地方
靜享天年
要是　要是我要走了
尤其是情知
此生不得埋骨故國山河
於是嘛

我就找如此湖光山色
林木茂幽之地——靜待來生
來生究有多久多長都不重要
我要的啊
乃是絢爛靚麗一片
即便是
在無邊大寂之中
也會欣然感領
此乃人間福地仙鄉

桃源

我一直就在探索
人間何處是真切的桃源
也許
桃源潛隱於方寸
花嬌林幽
連捕漁人都訝然
那是無由進入的涅槃

涅槃

笑比哭好
因為
笑告示內心 對於生活的頌讚
笑是歡愉
　是爽悅
　是印證
　是寬容
笑也是一種圓融——
即是生命的涅槃

物我兩忘

物我兩忘

種子

萬綠叢中
一點紅
水斷　冰消
熱散　無窮
好詩　好景
此意　此情
都由我來播種

遊園驚夢

牡丹放了
且遊園去
又何必定是嵩下洛陽
異域他鄉
浪跡天涯
我都是
王

桃花

少時不知人面桃花的真正喻意
而今也並不究其真諦
豐豔柔腴
桃之美
恐怕端在其如婦人之豔麗
可是啊　女人難喻
鬼才知道

桃面究竟意像甚麼
女人就是女人
桃花原本桃花
不必再相逼追問了
你如認為這等解說太粗糙無理
那我也沒啥法子
這樣好了
在你決定欣賞女人桃面之前
請先端視初綻的桃花如何

茶花

其嬌豔靚媚不及桃花
其素雅幽淡不似荷蓮
其熱情如火不若玫瑰
其成熟凝莊不像鬱金香
連菊花的兀傲她也不具

且不說這些罷
最其令人不忍看視的

乃是一夕之間
慘遭摧花毒手
身首異處　堪哀
可憐　不聞一聲喟嘆
還不如那凋零桃花
解辦隨風
至少啊
保有淚灑人間的淒美

花徑

花徑不曾緣客掃
我確曾吟過此句
詩的路
晨的露
落葉似錦如花
想不到罷　在寂靜中
居然也會沿地拼耙
淡淡幽情已然無處尋抓

小憩

枯藤不見
昏鴉未返
但古木卻早已躑躅良久了
林下有屋
在蹣跚於崎嶇道上的過客
且來稍事小憩

浪淘沙

浪淘盡千古風流人物
莫消說
這幾塊為浪淘得滑禿了的浮木
千古　重數
人生如寄一樽還酹江月
休道功過榮辱

鯨石

那不是一條鯨魚嗎
如何竟捨棄了萬頃湛碧大海
而悄然棲遲在這小湖之濱
豈是
由繁入簡的哲理點化了牠
竟讓一塊石頭也通了靈了
鯨鰭不似大剪如傘
只不過幾莖茂生青草罷了
動物植物便是那麼巧妙的

緊緊結合在一起了
孕育在朗澈大寂之中
有朝一日
當巨鯨重歸汪洋
水擊三千里
其所背負的綠
定然會使滔天白浪
化鑄成萬斛珠璣
洒落如雨

泣石

石頭也有其色衰朽敗時候
就當人類文明向前推展以後
然則
我們並不十分過意審視石的容顏
石不語　不笑　也不歌
不語不笑不歌
卻在泣沱
這難道不是意味著
石頭嘛也並非冥頑無情的麼

地圖

地圖並非純是在科學上
用以記載識別
某一特定地域地形的東西
其實啊
它乃鏤刻在人的心房
每當人們把心拋出
生命的浪花
遂滾宕跌落

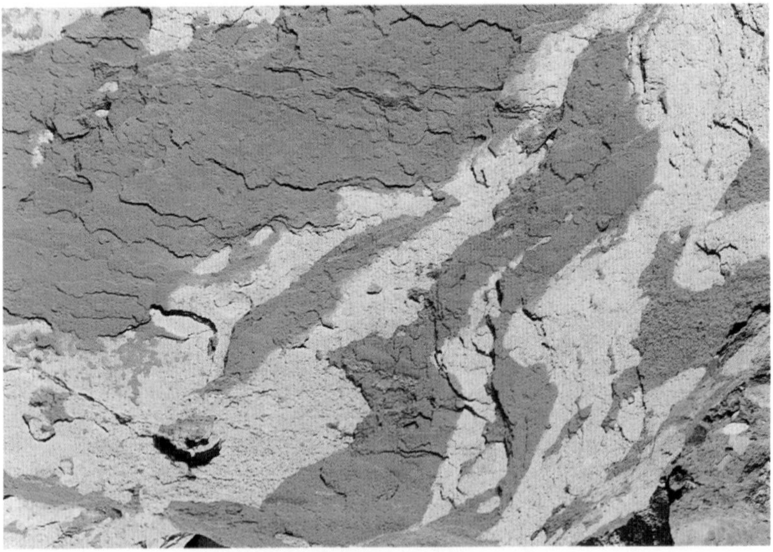

年輪

平蕪盡處
一塔矗立濡暮
血染紅楓
灑不盡相思淚
圈圈
歲月和露

負創的樹

請看那樹
鍊鋸已經刖去了它的四肢首級
無語無呻倒地了
連軀幹啊亦被截斷
殺伐　殺伐
樹乃不還手的彬彬君子
人啊——你算個老幾

唾

侵略者猙獰的笑
在若椽的巨樹下
如飆風捲掃落葉
那石碑終於倒下來了
一切都將歸於空無
寫在歷史的長頁上的
是侵略者洗脫不掉的恥辱和罪惡

時空寄情

時空寄情

秋遲

秋已遲遲
何以恁地如是絢麗
這大約便是
造物的淳善愛意了
好景如斯
該當點綴在水湄碧溪
沉寧的心也容不下丁點煩慮
那麼　落雨又何妨
似這般
方知甚麼叫做淅淅瀝瀝

秋的迷戀

野林邊
一馬孤踟
古道不見
斷腸人淚眼中的郊原
卻似仍過耳可聞
颯颯西風和嘯嘯嘶鳴

鏡花水月

悄悄地我來了
似這般
平靜深湛的湖邊
閉目
瞬間
鏡　花　水　月
波搖　光閃
如鏡水面

泛映出了四季容顏
跌宕　隨波
擴散　隨緣
漂泊　泛漣
幽淡
幽
淡

丹楓

紅乃最最鮮豔靚麗的色彩
這也即是
何以當女人塗抹上唇膏
而男士們即覺呼吸滯促之故
楓葉是天仙的玉手
臨風展舞
在悲秋時節
恰似火炬般燃燒
一似競技的勇士

跳躍前奔
永不回首
抹去了寂寥
卻也淡忘了怨嘆與顫抖

血染的楓彩

血染的掌
伸向空際
迎風展招展招
鄉關道啊
迢遙的鄉關道
伸手
抓住風尾
搗住掛在西風唇邊的調笑
當一片血染的紅葉為飄風攫去

斷掌折肢
那指尖猶緊緊抓住域外的塵沙
只因不願化作石土
它啊　堅拒朽敗
以血染的楓彩
於翌年春風再度拂過
遂抖落一身塵埃
秋韻時分又披紅攀上高枝
碧海青天中
塗抹著浪漫的無盡相思

網

天底下
最其壯觀百看不厭的
乃是笑盈盈悅興的面龐
雖未瞧見
卻聽到了
漁夫們心房中血湧的狂張
豐收必定是世間
天演至樂的歡暢
解開悲懷

忘掉憂傷

拋卻悸盪

剛聽罷大魚吃小魚的故事

這一下啊

網　網　網

吻

紅男綠女
連田荷都學會
把顏色依自然歸屬性別了
一吻啊
熨而且柔
當兩葉一旦實然相疊
那愛力可大了
抽去人所難捱對吐吸的担憂
生死不渝
有道是：天長地久

誓

曾幾何時
即便是天荒地老時候
老伴兒啊
你我關愛依舊
多麼疲憊也會相對凝眸
無言默默
卻道天涼好個秋

千手觀音

躍過金黃
楓樹已然自青春臻於成熟了
這就髣髴是少白頭了罷
成熟
原本不待歲月培栽
所謂異稟
其實人與草木大皆如此

黃葉舞秋風

四十年代
我曾聽聞
金嗓子周璇的悅耳歌聲
「黃葉舞秋風　伴奏是四野秋蟲……」
金嗓子早就在天旋地轉中啞然了
都已經是九十年代
二十世紀行將步入歷史了
「一掃而空」
那首歌的最後幾個音符

不知為何一直困惑著我
世間萬般
原都似秋聲耳畔
何可只有
歐陽修老夫子夜讀時方才聽到
似近還遠
茫茫幻幻
但諦秋韻
我才不要蟲唧渙散

織錦

織錦是為美盛的人工藝術
而這不過僅其一說罷了
自然的調和方乃最大工巧
看似萎草敗葉一堆
卻係天成
竟拼湊出來如此一幅美圖
人總是在天穹之下默默經營
無以描述的音聲

我們稱之天籟
那麼織錦就是天衣了
天衣無縫
有誰能窺出
織錦大被上的針痕綫路來

繽紛

五色繽紛
這定然乃是
顏彩中最富氣質的內涵
特別是當其別於虔淡
生活也好　愛情也好
我們都願看到
時刻便似如此這般
在奇想中綺麗熊熊燒燃
有人說

這或許就是浪廢的婪貪了
也罷　也罷
大千萬般
但任其飛旋翩躚
何時　何地　何事
莫非都係無中生有
突顯平凡

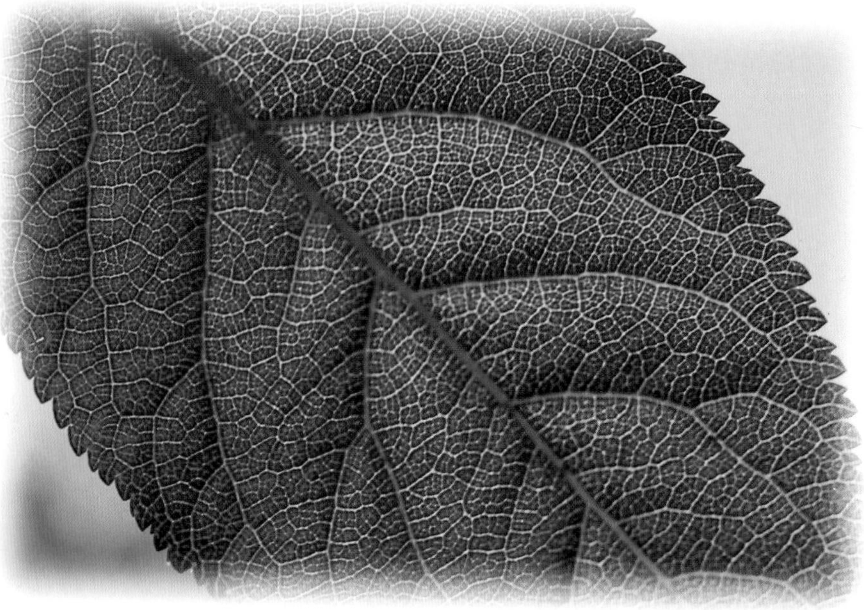

真善美

真善美
全都凝聚在生之一葉上了
厚實　綿密　輕柔
生命伴隨陽光歡唱
流溢
好似有人在葉的脊溝
撥弄弦音
良辰美景銷魂

永恒之星

也許永恒永不孤寂
特別　特別是在楓火的煽燃之下
永恒之火
於是乎便更其靚爍爍爍了
那星　那星一朝存在
人生道路
即便無比漫長坎坷
但又何妨

歲月

鎖住了的
是門裏春秋歲月
鎖不住的
是門外朗朗乾坤
平安福貴
福貴平安
扣環
歲月無驚　春滿人間

童年記憶（一）

我的童年
烙長於七七聖戰的漫天烽火
孤小貧弱
不知道蘋果的甘爽脆甜
待入口嚐試
已然是離鄉背景棲遲域外了
那香蕉麼
有生初度嚐到
是苦澀而非甜美

時間上是戰後的南京了
斬頭去尾
蕉身已然斑爛
殘敗啊一似童年

童年記憶(二)

儘管這些蔬果都非實物
我的童年卻一再耳邊語告
在一些低陋的農村屋簷下
這般的淚與汗的串連
已是懸掛了長久的千年
農友啊
請不要再展示於屋簷下了
何如易為魚肉鴨鵝……

冰糖葫蘆

兒時看過也嚐過
冰糖葫蘆的甜美
　依然留在舌尖心上
流年恰似淡淡一縷酸愫
共我步過漫漫路長
從鮮紅到枯黃
今番重嚐
老了也鬢髮如霜

春江

無須等待神州春江水暖
即便在異域的水溪
亦自是怡然得趣
咯——咯——咯——咯——
鴨說
水是情液
清乃深度凝湛
而春嘛　即是誼的延伸

煙波

「日暮鄉關何處是
煙波江上使人愁」
怎麼會懷然撩起
悲涼詩句啊如彼
鄉關呀
迷霧茫茫
濃濁散淡
卻都怎生及得
那白皚皚愁緒

如煙縈繞在無言丘山
恰便是
雲橫心田

故鄉

故鄉無此好湖山
是嗎
山不在高　水不在深
雄偉更兼清柔伴隨
那便也夠了
綠色且去
山與水
原都無須你的襯陪

蝶變

長江三峽
乃是我們深遠的故鄉
歷史色澤紋在身上
一黑一黃
山河如今將有巨變
神傷數千年的滄桑
也罷也罷
且化作彩蝶一雙
在時流中無言俛仰遨翔

紹興水道八字橋

舟如空裏泛
人在鏡中行
盈盈一水間
千載有詩情

自天都峯回望玉屏

兀立峯頂
回望　本係多餘瀝情
峯下萬般
誰能不在玉屏山前赧顏
天作之合
好似遠自盤古開天
便是如此這般
禪意綿牽

拉縴行

拉著的是五千年歷史
縴著的是世代呻吟
歷史不能回轉
苦吟沒有回音
綠水　青山
低吟似仍可聞
捉迷藏喲遠近
人生難尋

生活偶拾

生活偶拾

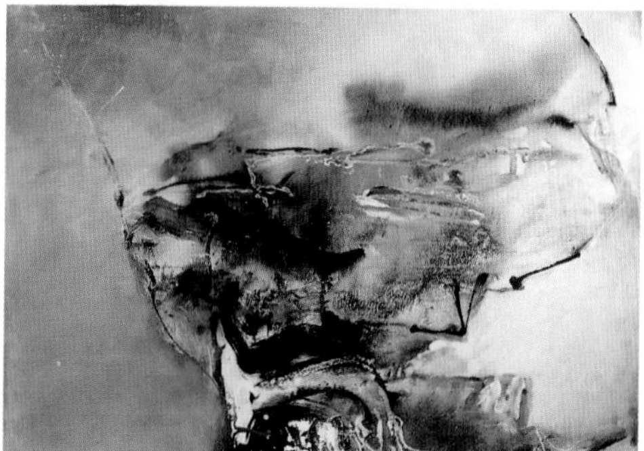

過客

當銀座的霓虹燎燃了
早秋的東京黃昏
我自杳渺醉鄉施施步月歸來
（如夢令）
猶擁著一身暖適的孤寂
再回首
訝然於杏形瑤池漾溢的瓊漿
竟也會帶給我幾許廣寒的淒涼意
對坐應是心靈傳語
更何況對飲相去咫尺

且讓我眈守著這兩粒稀世的貓眼石——
洋一樣深　海一般碧
而你卻黠慧地笑了
揶揄我像一尾catfish
扮一次鮎魚也無妨
只因你情知在碧海中逍遙遊的
捨那浪漫巨鯨又其誰

哎哎——
鮎魚也罷　巨鯨也罷
都無非是過客　漂泊天涯
待長夜流逝霓虹終也隨著黯然消隱

此時只有你那雙湛藍的眼睛
是永恆　亮麗如東方的啓明

於是我將杯中餘酒一飲而盡
腰纏離愁萬縷
低唱 Georges Moustaki 那首 Ma Solitude
迎著朝暉　不再回首
載浮載沉若巨鯨縱浪大化而去——
去尋覓最能描繪我此刻心境的詩句……

一九八五、九、十四初稿於東京，十九日再稿於臺北紫屋，二十九日（中秋節）定稿於加州

晨起

晨起後
曉夢猶自縈纏
蹣跚經過書房
在轉向客廳的走道上
暗香一縷跌撞襲人
惺忪睡眼乃被輕敲推醒
一夕岑靜
日精月華加上星露
落地窗前的蘭草

已經悄悄幽幽開了
既不故作矜持
也不儼然倨傲
沒有靦覥忸怩
也無厚顏偽笑
淡潔得一如臨風的屈子
就當把水壺放上爐灶
待煮水沏茶
而龍井尚未舀出的瞬間
砉然了悟：
蘭草何以無幽夢

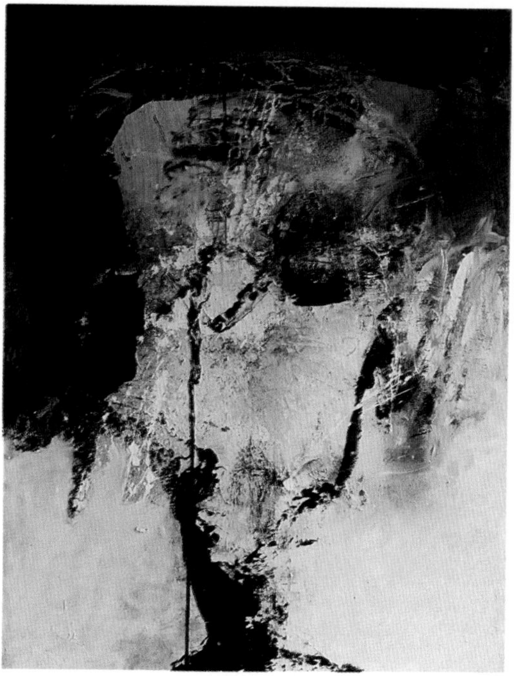

何以生空谷
何以出泥汙
何以舉世混濁而獨清
何以舉世皆醉而獨醒

其實　被髮放逐
顏色憔悴　形容枯槁的
是我　不是三閭大夫

六十自壽

轉瞬彈指之間
已然花甲矣
再過十年即是古希
其實　今人臻此
算得了那般神奇
棲遲域外
無人注意詢起
當也不會有人哄議賀喜
罷了　罷了

水酒一杯
天涯兀自飲盡
六十載似水華年
如絮　飄去　依依
老雞愴然一聲嗄啼
雨瀝瀝
風凄凄

瞬

改正了我一個英文字的發音之後
兒子爽然笑了
在家一向被譏說話漢英夾雜
語法洋化的美國佬
約略帶有報復性快感的眼神
諱莫如深　而我卻在那兒
捕捉到了少年十五二十時的青春
行過萬水千山　走渡三省三城
當年十位鄉音濃濁的英文老師

歲數　加起來是一條線繩
早就長過了彭祖的銀鬍
我在天涯放著風箏　且用南腔
北調的英文對碧眼兒敷說
那老頭兒的長命故事……
二十三年　都二十三年了
至少至少犯過
八千三百九十五次英語發音錯誤
管他的　這算得甚麼
且無尤無怨　開了胸懷
接受兒子糾正老子的進步時代
卻也悵然飄零歲月

結束前的落寞
鄉音未改　尚無機會以母語
教兒童朗讀賀知章的詩句
而未料 Exile 一字的發音
竟獲兒子首肯　其實
他怎知道我寧可永遠不解
此字真義　且歸去
打鬧嘻笑依舊　再跟大夥兒
用我們初學英文的驢法子唸——
好賭又賭
掐你死
陰溝裏洗

早秋園中小憩

懶懶斜斜　就這麼躺著
閒適在椒樹下　夕陽一方
才翻了兩頁莊子
竟乃漸然睡去……
有無間——
蟋蟀低吹簫管
黃菊蜂忙　翼翅翕張如銅鈸之輕擊
攏撚撥絃　續斷
瑟瑟琴音發自蛛絲
躑躅　徘徊　去去又返

秋韻　終踏上夢土幻鄉水天一線小徑

颯颯風起
沙揚大漠邊關
方才是急切切細碎鼓聲
剎那間　卻化作了馬嵬坡下嘆息咽泣
魚龍舞　秋水迢淼
野馬　塵埃　寒霧飄流……

哎哎　要不是
那一排凝凍的簷梳兒次第折摧
落迸髣髴珠撒玉盤

蝴蝶心事
怎會就讓風鈴識破
訝然覺來 指間
快將燃盡的裊裊輕煙
羞紅了臉 抓起一片寂寞
蒙住眼睛

註：按日人習俗，家有男孩者掛升彩繪鯉幟（今名「鯉のぼり」）於高竿。幟布製，長二尺許。其口圓張，吞風鼓滿似袋。浮沉舞游空中，栩栩如生，乃戲呼之魚龍。我家有男，故懸鯉幟為樂。

路旁的荻花

霜已降下
中秋過了
冷瑟的清晨　　　停車
鐵路平交道口　等待
火車　大江東去
無意中瞥見路旁
那一叢伶仃顫顫的荻花
噫——

莫非是江邊蒹葭
託飛鴻捎來了信物——
臨風盟誓剪下的青絲
浩蕩離愁　四十年白了
人在天涯

霜已降下
軸輪恰似後浪推前浪的
滾滾江水
笛鳴孤雁一聲
驚醒了搖曳斷續的殘夢

揮別白樂天
　——潯陽渡頭
告辭蘇子瞻
　——赤壁之下
在秋江
不曾泛舟
未聞琵琶
淚眼相對蘆髮
霎時間
歲月奔流
江湖上老了青衫司馬

十月

十月無霜、無雨
　無風、亦無楓
十分的清和晴暖便也淡了秋意
晨間小園獨立
朝露重冷
醒後菊顏
猶自沉浸在昨夜飲罷酣歌的悲懷
江南春天又未趕上

且撿拾一片枯葉
用相思染紅了
遙寄
十月
如火的
艷好時節

秋興二首

菊

金風剪過
人間絕情處處
酒也顯得分外冷清
而你竟含笑默默走來
那麼舒閑
那麼淡泊
那麼自我

啊啊
連感嘆都不容有
更消說獨飲蕭瑟寂寞

露

昨夜是誰來過
徘徊中宵
涕淚滂沱
英雄縱使走到末路
也僅撫劍　仰天
長嘯　　對酒

放歌

有淚絕不輕彈

那麼　這一定是

蒼天悲懷難遣

淚潸潸

星雨殞落

一洗世亂人間罪惡

楓的聯想

就姑且叫牠千手樹吧——
打坐　在
高丘黃草的蒲團之上
還真像千手觀音哩
可總是擔心著　擔心著
秋官銜命行刑而來　那一天
金風斫榦削枝　颯颯過處
千手盡皆斬落
如果不幸這真的是造物旨意……

那麼呵
何妨唱奏起韋莊的浪漫菩薩蠻來
寧把千手樹化作滿樓
紅袖袖袖袖袖
紅袖袖袖袖袖袖袖
紅袖袖袖袖
紅袖袖袖袖袖袖——在招
只不過　即使騎馬橋邊　已非
當時少年薄衫　羈旅
天涯
怕也耐不住春寒　客地
合該是還鄉的時節了

就信手抓一葉指南地圖
攤放在掌上　正好
其實也不需要的——都是熟路
燃起的記憶自會一路燒去
一寸寸　燒回
燒回到棲霞　香山燦爛的深秋
拖著鼻涕　炒栗子甜香在口
還有草把子上插滿的紙疊玩具風車
紅紅黃黃紅黃黃紅紅黃紅黃
手裏總得握著一隻的
迎風起跑　童年
就跟翻動的楓葉般美麗……

念佛

也曾多少讀涉一些佛書
大皆都是信手翻翻即過
若干看似稀鬆尋常小事
而今年屆花甲
偶經再次揀拾琢磨
水　月　鏡　花
一定的變得不一定了
恍然日昨
世事如煙縹緲

繁簡綜錯
念佛　念佛
因果　因果
靜觀人生　無常
苦與樂
原來都係自得

近得林鈺堂博士贈書《勸念佛》一冊，翻閱有感漫成。

讖語

那松鼠啣著一粒果核
自圍牆爬滿蔓藤的深處
探頭出來
又跳上椒樹枝柯
以傘兵空降之英姿
躍落地面
匍匐　抬頭　匍匐　抬頭
顯出輕盈矯捷的身手

乃以如箭矢之步
竄向一株馬尾松後
屏息　張望　忐忑
迅速埋果核於地下
以熟練的工兵佈雷動作
屏息　張望　回撤
遂急急攀樹踰牆而去
那人仍嗒然跪在窗前的地氈上
黃昏在他兩頰貼上了冷色
彷彿虔誠的晚禱

他緩緩閉上眼睛：
松鼠啊
請莫把我當仇敵
縱或有人
牽害你們喪生汽車輪下
曝屍路旁死不瞑目
縱或有人
使你們遭受污染的慘痛
恨無葬身之處
但是我們也自食惡果了
松鼠啊
請不要恨我懼我請相信我

我發誓不會盜走你埋下的果核
我要為我們的自私奢靡與浪費
向衣索匹亞的饑溺
以及全世界的餓殍
深深深深地深深地懺悔
松鼠啊
我祈求
但願為我們的罪愆和愚昧
你埋下了一粒苦果

神會陶潛

那晚沒有月光
造化乃得以反掌之易
扣住了夜　在暗中
於是　於是就連慧黠的星星也被欺矇
未能窺出破綻究竟
側臥床間　睇凝
玄機洞開空無
而當我定睛於幻象的心窗剎那
大寂震驚

一聲蟋蟀清吟
點亮了永恒
黃菊遂張起盞盞明燈
淺淺淡淡開了　在窗前
隱約處
詩魂一縷押著秋韻
自南山冉冉飄來
那不就是陶然的陶淵明嗎
把酒捫鬚
含笑不語
卻又縱浪大化逍遙逸去……

附記

全書攝影　吳瑞卿

畫作

還原民間
——文學的省思

陳思和　著

匯集作者自八十年代末期首倡「重寫文學史」以來的主要學術成果，以活躍和開放的心態，對當代中國語境中種種複雜的文化課題，進行大膽探索與激情反思。

紅葉的追尋

葉維廉　著

隨詩人作千萬里的浪遊，從大漠到火山口沿；從風雕水鑿的奇岩到神祕的巴里島……紅葉的追尋，也是美的追尋，讓我們細細撫觸霜葉的肌膚，傾聽它們美的訴述。

滄海叢刊

～涵泳浩瀚書海

激起智慧波濤～

國學・哲學・宗教・應用科學

社會科學・史地・語文・美術

當代藝術精華

——滄海叢刊・美術類

理論・創作・賞析

與當代藝術家的對話　葉維廉 著

藝術的興味　吳道文 著

從白紙到白銀
——清末廣東書畫創作與收藏史　莊申 編著

根源之美……莊申 編著

扇子與中國文化……莊申 著

古典與象徵的界限——象徵主義畫家莫侯及其詩人寓意畫……李明明 著

當代藝術采風……王保雲 著

民俗畫集……吳廷標 著

畫壇師友錄……黃苗子 著

清代玉器之美……宋小君 著

自說自畫……高木森 著